樂中國系列

梅花三弄

堯立 著‧繪

中華教育

東晉時期有位武將名叫桓伊。

他在淝水之戰中,協助丞相謝安擊破北方前秦的強大攻勢,

為國家立下汗馬功勞,被封為右軍將軍。

桓伊不僅戰功卓著，還精通音律，尤其擅長吹笛。

他藏有一支東漢蔡邕（_普yōng｜_粵嗡）的柯亭笛，時常自吹自賞，

因精通音律被譽為「江左第一人」，受到文人雅士的敬仰。

一次，桓伊乘車出行，路過青溪渡。

看到江邊幾株梅花正凌風盛開，風中暗香浮動。

桓伊不禁停車賞梅。

這時，渡頭停泊的客船中，一位不修邊幅的文士遣人到桓伊車前傳話說：

「聽說你笛子吹得好，請為我吹一曲。」

傳話人報上主人姓名，那主人正是以狂傲、博學著稱的名士王徽之。

王徽之是「書聖」王羲之的第五子，
也是當時的書法名家。
他才情高雅，舉止疏放。

一次，王徽之叫家人在暫時借住的庭院裏種竹子。
有人問：「只是暫住，何必麻煩？」
王徽之吹着口哨不予回應，直到吹得盡興，
才指着竹子答：「怎麼可以一天沒有這位先生相伴！」

桓伊的車夫對王徽之這隨性的態度很是不滿。

他對桓伊說：「聽說這王徽之一向不守禮節，

曾經衝進上司乘坐的車中避雨。

如今，以他那小小參軍的身份，

竟貿然召喚將軍您為他吹奏！不用理他。」

桓伊笑答：「我聽聞他的才名很久了。

今天不期而遇，他既然率性邀請，

我自當坦然應邀。」

於是桓伊下車，立在江邊，與船中王徽之遙遙相對。

兩人並未寒暄，桓伊取出柯亭笛吹起悠揚的序曲。

笛音中疏曠的意境，正和渡頭上江天一色的遼闊景象相稱。

序曲之後，樂曲進入主題，音符輕盈起落，

宛如江邊枝頭上，一朵朵潔白輕靈的梅花隨風搖曳。

音符連成美妙的旋律，恰似梅花散發清冷的香氣，沁人心脾。

渡頭上頓時靜寂，所有人都屏息聆聽，

沉浸在這渾然天成的樂音裏。

人們正沉醉於音樂的清雅脫塵，此時梅花的主題旋律再次響起，
清雅之外，又多了一份雋永灑脫的氣度。
就像高潔的梅花不依附春風，不與百花爭豔，獨自在嚴寒時節開放。
這正是魏晉名士心懷高遠，不屑世俗功利的精神寫照。
令人不禁聯想起王徽之雪夜訪友的故事。

一次，王徽之在雪夜獨自飲酒。

他面對庭中一片皓潔景象，吟誦讚頌歸隱的《招隱詩》，

並由此想念起一位隱居的朋友，於是連夜駕舟拜訪。

可是第二天到了朋友家門外，他卻盡興而歸，沒有叫門。

常人不理解他為甚麼無功而返。

桓伊的笛聲卻奏出了王徽之這份不求目的，

隨心所欲的超然。

在笛聲的跌宕起伏間，梅花的主題旋律
第三次重複，聲聲高亢昂揚，
勾勒出梅花在蕭殺天地間頑強綻放的英姿，
與前兩次的境界又大不相同。

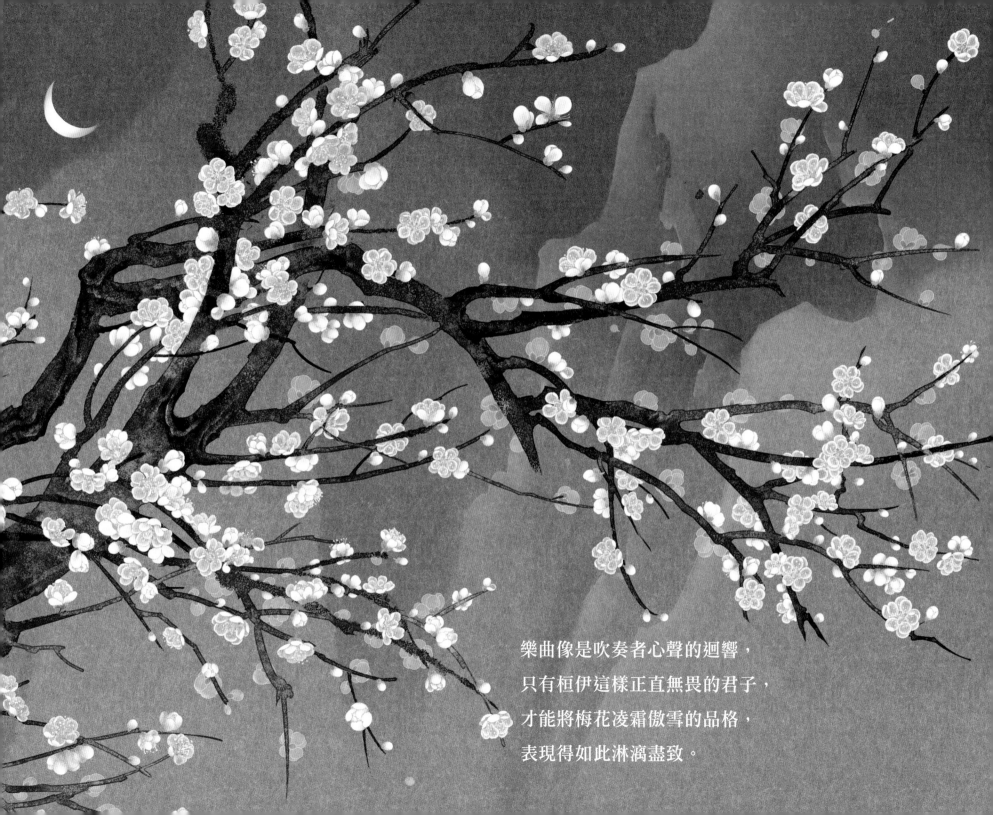

樂曲像是吹奏者心聲的迴響，
只有桓伊這樣正直無畏的君子，
才能將梅花凌霜傲雪的品格，
表現得如此淋漓盡致。

桓伊雖然屢立大功，卻為人謙遜；
雖然從不招搖，卻又敢於秉公直諫。
因皇帝錯信讒言，猜忌忠相謝安，
桓伊便冒着觸怒龍顏的風險，
在宴席上吟唱曹植的《怨歌行》。
歌中講述歷史名臣周公傾力輔佐君王，
結果卻遭受流言誹謗的故事。
桓伊的歌聲慷慨悲愴，
令羣臣動容，皇帝汗顏。

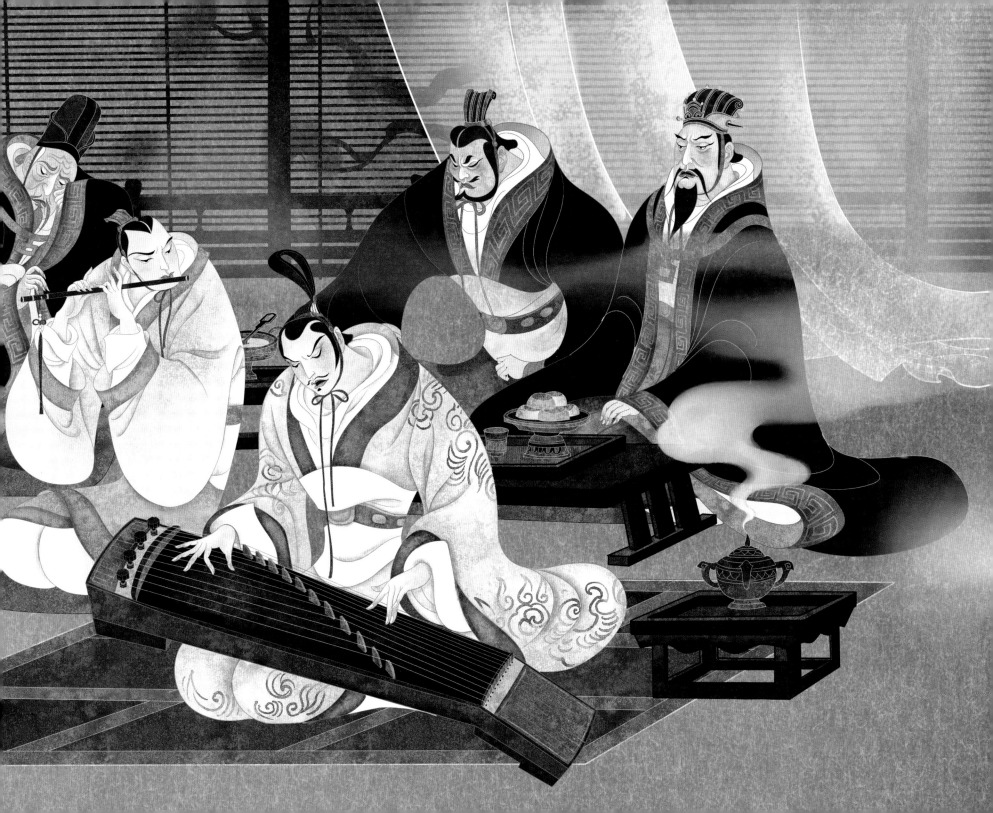

一曲吹罷，桓伊登車離去，
只留下寒梅簌簌，江水悠悠。
他與王徽之雖然性格迥異，地位懸殊，
卻同樣豁達磊落。

正因如此，兩人的這次偶遇才沒有遺憾地錯過；

而是以一個率性的邀請，和一次坦然的應邀，

演繹出一段風雲際會的佳話。

雖然沒有一句交談，他們的心神交流卻凝集在音樂中，流傳千古。

《梅花三弄》音樂流變及賞析

　　《梅花三弄》又名《梅花引》《梅花落》《玉妃引》，是中國古典樂曲中表現梅花的佳作，早在唐朝就在民間廣為流傳，最早見於東晉笛曲，後由唐人顏師古改為琴曲，明朝琴譜《神奇祕譜》中載有此樂曲。其結構上採用循環再現的手法，在不同音區重複主題三次，故稱為《三弄》。三弄實際是三個變奏，古代有高音弄、低聲弄、遊弄之説。《梅花三弄》全曲由引子、靜態梅花、動態梅花和尾聲組成。全曲表現了梅花高潔清逸、凌霜傲雪的高尚品性，是一首充滿中國古代士大夫情趣的琴曲。《枯木禪琴譜》説：「曲音清幽，音節舒暢，一種孤高現於指下；似有寒香沁入肺腑，須從容聯絡，方得其旨。」

柯亭笛

　　相傳漢朝著名學者蔡邕因獲罪流放，行至會稽高遷。在此發現竹亭中有優質的製笛竹材，於是拆「柯亭」第十六根竹製笛。所製竹笛果然不同凡響。後人讚好笛子為「柯亭笛」。後泛指美笛，也比喻良才。

淝水之戰

　　淝水之戰是東晉時期，北方的統一政權前秦向南方東晉發起的一系列侵略吞併戰役中的決定性一戰。

　　公元383年，前秦出兵伐晉，於淝水（現今安徽省壽縣的東南方）交戰，最終東晉僅以八萬軍力大勝八十餘萬前秦軍，是中國歷史上著名的以少勝多的戰例。擁有絕對優勢的前秦自此衰敗，北方各民族紛紛脫離了前秦的統治，分裂為以後秦和後燕為主的幾個政權。而東晉則趁此北伐，把邊界線推進到了黃河，並且此後數十年間東晉再無外族侵略。

古琴

　　古琴，亦稱瑤琴、玉琴、七弦琴，古代稱為琴，近代為區別於西方樂器才添加「古」字，被稱作古琴。古琴是中國最古老的傳統彈撥樂器之一，其傳世曲目和理論文獻之豐富堪稱我國古樂器之最。古琴所承載的文化意涵在古代樂器中也具有特殊的地位，作為古代文人的必備素質，琴藝被列為「琴棋書畫」四藝之首。孔子、李白、蘇軾等眾多歷史名人都彈得一手好琴。可見古琴也是一個人身份與修養的象徵。

梅花詩三首

江梅　（唐）杜甫

梅蕊臘前破，梅花年後多。

絕知春意好，最奈客愁何。

雪樹元同色，江風亦自波。

故園不可見，巫岫鬱嵯峨。

梅花　（宋）王安石

牆角數枝梅，凌寒獨自開。

遙知不是雪，為有暗香來。

墨梅　（元）王冕

我家洗硯池頭樹，個個花開淡墨痕。

不要人誇好顏色，只留清氣滿乾坤。

詠梅詞兩首

卜算子·詠梅　（宋）陸游

驛外斷橋邊，寂寞開無主。

已是黃昏獨自愁，更着風和雨。

無意苦爭春，一任羣芳妒。

零落成泥碾作塵，只有香如故。

卜算子·詠梅　毛澤東

風雨送春歸，飛雪迎春到。

已是懸崖百丈冰，猶有花枝俏。

俏也不爭春，只把春來報。

待到山花爛漫時，她在叢中笑。

作者介紹

堯立

插畫師。畢業於清華大學美術學院中國畫專業。

曾為《讀者・鄉土人文》《兒童文學》等雜誌，

及《浮生六記》《新獵物者》系列等暢銷小説繪製內插及封面。

繪本作品有《梅花三弄》《吉星傳説》《我的老師》。

曾獲第三屆《兒童文學》金近獎最佳插畫獎，

2018 年冰心兒童圖書獎等多種獎項。

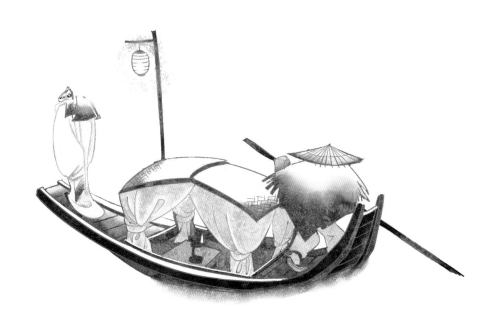

樂中國系列

梅花三弄

堯　立 / 著繪

責任編輯：劉萄諾
裝幀設計：鄧佩儀
排　　版：鄧佩儀
印　　務：劉漢舉

出版 | 中華教育

香港北角英皇道 499 號北角工業大廈 1 樓 B 室
電話：(852) 2137 2338 傳真：(852) 2713 8202
電子郵件：info@chunghwabook.com.hk
網址：http://www.chunghwabook.com.hk

發行 | 香港聯合書刊物流有限公司

香港新界荃灣德士古道 220-248 號 荃灣工業中心 16 樓
電話：（852）2150 2100　傳真：（852）2407 3062
電子郵件：info@suplogistics.com.hk

印刷 | 美雅印刷製本有限公司

香港觀塘榮業街 6 號海濱工業大廈 4 字樓 A 室

版次 | 2022 年 10 月第 1 版第 1 次印刷

©2022 中華教育

規格 | 16 開（285mm x 215mm）

ISBN | 978-988-8808-48-9